U0067963

國家圖書館出版品預行編目 (CIP) 資料

妞莉與坦克/傑·弗雷克(Jay Fleck)文·圖；海狗房東翻譯.
-- 第一版. -- 臺北市：親子天下股份有限公司, 2022.11
46面；22.6x22.6公分. -- (繪本；312)
注音版
譯自：Tilly & Tank
ISBN 978-626-305-328-1(精裝)

874.599   111015060

獻給塔拉 和 柯絲頓

繪本 0312

妞莉與坦克

文·圖｜傑·弗雷克　譯者｜海狗房東

責任編輯｜謝宗穎　美術設計｜林子晴　行銷企劃｜張家綺
天下雜誌群創辦人｜殷允芃　董事長兼執行長｜何琦瑜
兒童產品事業群
副總經理｜林彥傑　總編輯｜林欣靜　主編｜陳毓書　版權主任｜何晨瑋、黃微真

出版者｜親子天下股份有限公司　地址｜台北市 104 建國北路一段 96 號 4 樓
電話｜（02）2509-2800　傳真｜（02）2509-2462　網址｜www.parenting.com.tw
讀者服務專線｜（02）2662-0332　週一～週五：09:00~17:30
傳真｜（02）2662-6048　客服信箱｜parenting@cw.com.tw
法律顧問｜台英國際商務法律事務所·羅明通律師
製版印刷｜中原造像股份有限公司
總經銷｜大和圖書有限公司　電話：（02）8990-2588

出版日期｜2022 年 11 月第一版第一次印行
定價｜320 元　書號｜BKKP0312P　ISBN｜978-626-305-328-1（精裝）

———————————————————— 訂購服務
親子天下 Shopping｜shopping.parenting.com.tw
海外·大量訂購｜parenting@cw.com.tw
書香花園｜台北市建國北路二段 6 巷 11 號　電話（02）2506-1635
劃撥帳號｜50331356　親子天下股份有限公司

立即購買 >

姐ㄗˇ莉與坦克

文圖｜傑·弗雷克

翻譯｜海狗房東

一早，妲莉正在散步的時候，
發現遠方有個奇怪的東西。

那個東西有象鼻也有尾巴，就像她一樣。
不過，那個東西卻綠得很不尋常。
一定是另一種大象吧，
妲莉心想。

一一早ㄗㄠˇ，坦ㄊㄢˇ克ㄎㄜˋ正ㄓㄥˋ在ㄗㄞˋ巡ㄒㄩㄣˊ邏ㄌㄨㄛˊ的ㄉㄜ˙時ㄕˊ候ㄏㄡˋ，
偵ㄓㄣ查ㄔㄚˊ到ㄉㄠˋ前ㄑㄧㄢˊ方ㄈㄤ有ㄧㄡˇ個ㄍㄜˋ奇ㄑㄧˊ怪ㄍㄨㄞˋ的ㄉㄜ˙東ㄉㄨㄥ西ㄒㄧ。

那個東西有砲管
也有砲塔，就像他一樣。

不過，那個東西
卻藍得很不尋常。

一定是敵方的坦克車，坦克心想。
他發出警報聲：
嗚——咿嗚！嗚——咿嗚！嗚——咿嗚！

妲莉直直走向那隻吵鬧的綠色大象，
她仔細看著對方的象鼻……

尾巴……

眼ᵧ睛ㄐ……

以ㄧ及ㄐ耳ㄦ朵ㄉ後ㄏ方ㄈ。

然後，她清一清喉嚨說：

哈囉。

坦克回應了一聲……

妲莉嚇壞了。

她緊緊閉上眼睛，拔腿就跑。

坦_{ㄊㄢˇ}克_{ㄎㄜˋ}很_{ㄏㄣˇ}困_{ㄎㄨㄣˋ}惑_{ㄏㄨㄛˋ}。

敵人要跑去哪裡呀？

妲莉從躲藏的地方探出頭偷看。

剛才的砰會不會只是一個
非常、非常大聲的哈囉呢？
妲莉猜想。

她想再試一次。

妲ㄉㄚ莉慢ㄇㄢˋ慢ㄇㄢˋ的ㄉㄜ˙、小ㄒㄧㄠˇ心ㄒㄧㄣ翼ㄧˋ翼ㄧˋ的ㄉㄜ˙，
躡ㄋㄧㄝˋ手ㄕㄡˇ躡ㄋㄧㄝˋ腳ㄐㄧㄠˇ的ㄉㄜ˙靠ㄎㄠˋ近ㄐㄧㄣˋ……

再ㄗㄞˋ靠ㄎㄠˋ近ㄐㄧㄣˋ……

直到她近得足以……

＊咚ㄉㄨㄥ＊

友善ㄕㄢˋ的˙碰ㄆㄥˋ一ㄧˋ下ㄒㄧㄚˋ那ㄋㄚˋ隻ㄓ綠ㄌㄩˋ色ㄙㄜˋ大ㄉㄚˋ象ㄒㄧㄤˋ。

坦ㄊㄢˇ克ㄎㄜˋ再ㄗㄞˋ次ㄘˋ發ㄈㄚ出ㄔㄨ警ㄐㄧㄥˇ報ㄅㄠˋ聲ㄕㄥ：
嗚ㄨ──咿ㄧ-嗚ㄨ！嗚ㄨ──咿ㄧ-嗚ㄨ！
嗚ㄨ──咿ㄧ-嗚ㄨ！

妲莉緊緊閉上眼睛，拔腿就跑。

坦克越來越搞不清楚狀況了。
為什麼敵人不留下來反擊呢？ 他想。

妲莉跑得太快，被一塊石頭絆倒，
砰咚一聲跌進了……

一片花海。

花？妲莉想到一個好主意。

坦克看見敵人
帶著一個奇怪的東西回來。

那是武器嗎？他猜想。
坦克站穩腳步，準備迎戰……

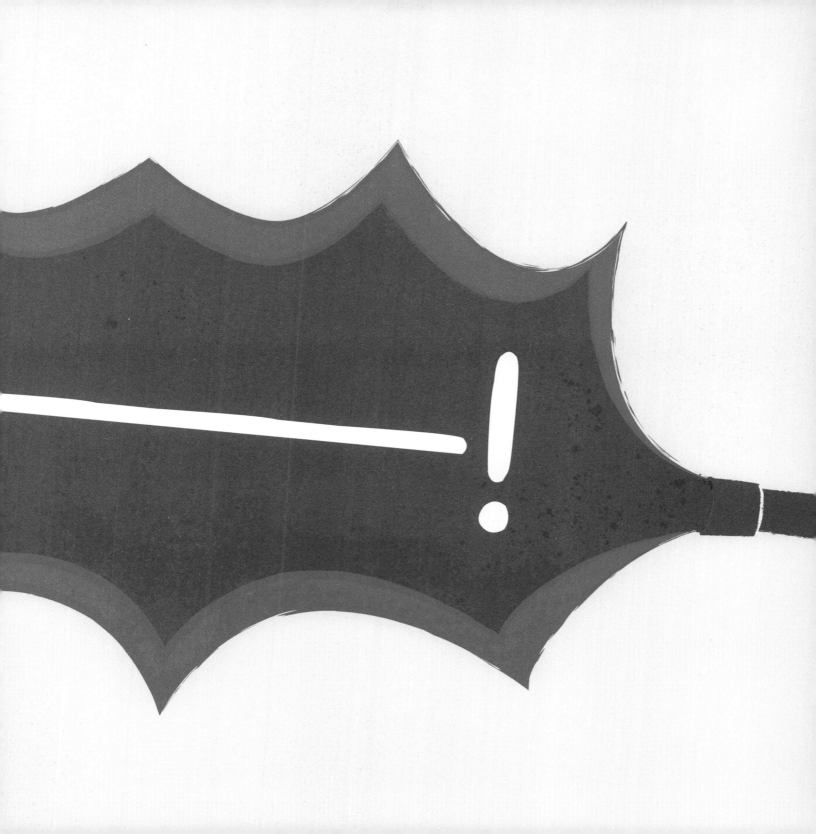

妲ㄉㄚˋ莉ㄌㄧˋ又ㄧㄡˋ逃ㄊㄠˊ走ㄗㄡˇ了ㄌㄜ。

這一次，坦克發現敵人掉了一樣東西。

是她的武器！

坦克仔細查看那個東西，發現——

那是一朵花？

喔ㄛ，不ㄅㄨˋ！坦ㄊㄢˇ克ㄎㄜˋ心ㄒㄧㄣ想ㄒㄧㄤˇ。
他ㄊㄚ搞ㄍㄠˇ錯ㄘㄨㄛˋ了ㄌㄜ，對ㄉㄨㄟˋ方ㄈㄤ不ㄅㄨˊ是ㄕˋ敵ㄉㄧˊ人ㄖㄣˊ。

而ㄦˊ是ㄕˋ朋ㄆㄥˊ友ㄧㄡˇ！

妲莉看見那隻綠色大象慢慢走近，
她感到很緊張。

接著，她看見對方帶來──

一一大ㄉㄚˋ束ㄕㄨˋ美ㄇㄟˇ麗ㄌㄧˋ的ㄉㄜ花ㄏㄨㄚ！

坦_{ㄊㄢˇ}克_{ㄎㄜˋ}把_{ㄅㄚˇ}花_{ㄏㄨㄚ}放_{ㄈㄤˋ}在_{ㄗㄞˋ}妲_{ㄉㄚˊ}莉_{ㄌㄧˋ}面_{ㄇㄧㄢˋ}前_{ㄑㄧㄢˊ}。

妲ㄚ莉ㄌ微ㄨㄟ笑ㄒㄧㄠ著ㄓㄜ，坐ㄗㄨㄛ在ㄗㄞ她ㄊㄚ的ㄉㄜ綠ㄌㄩ色ㄙㄜ新ㄒㄧㄣ朋ㄆㄥ友ㄧㄡ身ㄕㄣ邊ㄅㄧㄢ。
坦ㄊㄢ克ㄎㄜ的ㄉㄜ警ㄐㄧㄥ報ㄅㄠ聲ㄕㄥ改ㄍㄞ變ㄅㄧㄢ了ㄌㄜ，
他ㄊㄚ的ㄉㄜ引ㄧㄣ擎ㄑㄧㄥ深ㄕㄣ處ㄔㄨ傳ㄔㄨㄢ出ㄔㄨ一ㄧ陣ㄓㄣ愉ㄩ快ㄎㄨㄞ的ㄉㄜ聲ㄕㄥ響ㄒㄧㄤ：
怦ㄆㄥ咚ㄉㄨㄥ怦ㄆㄥ咚ㄉㄨㄥ、怦ㄆㄥ咚ㄉㄨㄥ怦ㄆㄥ咚ㄉㄨㄥ、怦ㄆㄥ咚ㄉㄨㄥ怦ㄆㄥ咚ㄉㄨㄥ。

妲ㄉㄚˋ莉ㄌㄧˋ的ㄉㄜ˙身ㄕㄣ體ㄊㄧˇ裡ㄌㄧˇ也ㄧㄝˇ傳ㄔㄨㄢˊ出ㄔㄨ一ㄧ陣ㄓㄣˋ愉ㄩˊ快ㄎㄨㄞˋ的ㄉㄜ˙聲ㄕㄥ響ㄒㄧㄤˇ：

怦ㄆㄥ咚ㄉㄨㄥ怦ㄆㄥ咚ㄉㄨㄥ、怦ㄆㄥ咚ㄉㄨㄥ怦ㄆㄥ咚ㄉㄨㄥ、怦ㄆㄥ咚ㄉㄨㄥ怦ㄆㄥ咚ㄉㄨㄥ。